最美古诗词

纸上的时光 古人的四季

李清照

知否？知否？

五洲传播出版社
China Intercontinental Press

图书在版编目（CIP）数据

李清照 ： 知否？知否？ /（宋）李清照著. -- 北京 ： 五洲传播出版社，2024. 7. -- ISBN 978-7-5085-5241-5

Ⅰ. I207.23

中国国家版本馆CIP数据核字第2024D319D0号

出 版 人：关　宏

责任编辑：梁　媛

装帧设计：山谷有魚　张伯阳

李清照：知否？知否？

出版发行：五洲传播出版社

地　　址：北京市海淀区北三环中路31号生产力大楼B座6层

邮　　编：100088

电　　话：010-82005927，82007837

网　　址：www.cicc.org.cn,www.thatsbook.com

印　　刷：北京利丰雅高长城印刷有限公司

版　　次：2024 年 7 月第 1 版第 1 次印刷

开　　本：889 mm × 1194 mm　1/32

印　　张：5

字　　数：50千

定　　价：49.80元

序

凭一首诗词、半幅古画
执本之人与古人隔世相遇
一起感受春雨夏花、秋果冬雪
记录下属于自己的四时之美与人生离合

当你爱上诗歌
你将会爱上这个世界

春望

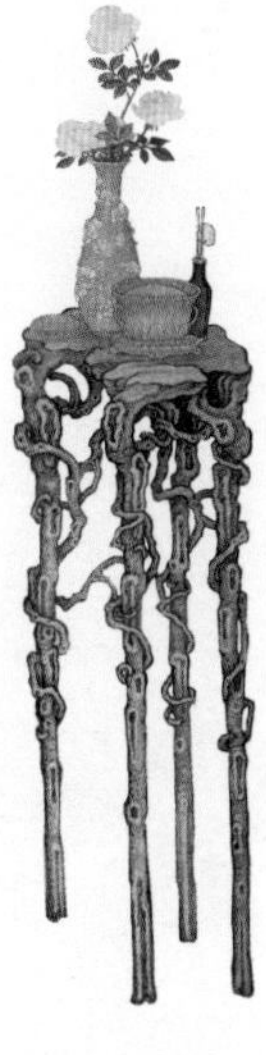

如梦令·昨夜雨疏风骤

【宋】李清照

昨夜雨疏风骤，浓睡不消残酒。
试问卷帘人，却道海棠依旧。
知否？知否？应是绿肥红瘦。

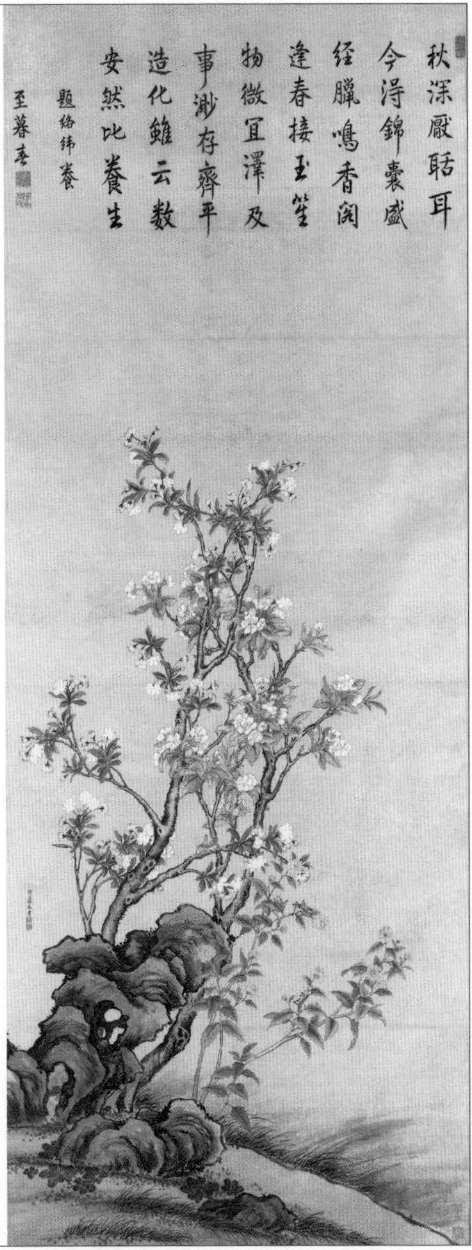
秋深厭聒耳
今得錦囊盛
经臘鳴香閣
逢春接玉笙
物微宜澤及
事渺存齊平
造化雖云数
安然比養生
題絡緯養
至暮李

玉楼春·红酥肯放琼苞碎

【宋】李清照

红酥肯放琼苞碎，探着南枝开遍未？
不知酝藉几多时，但见包藏无限意。
道人憔悴春窗底，闲损阑干愁不倚。
要来小酌便来休，未必明朝风不起。

浣溪沙·淡荡春光寒食天

【宋】李清照

淡荡春光寒食天，玉炉沉水袅残烟。
梦回山枕隐花钿。
海燕未来人斗草，江海已过柳生绵。
黄昏疏雨湿秋千。

武陵春·春晚

【宋】李清照

风住尘香花已尽，日晚倦梳头。
物是人非事事休，欲语泪先流。
闻说双溪春尚好，也拟泛轻舟。
只恐双溪舴艋舟，载不动、许多愁。

念奴娇·春情

【宋】李清照

萧条庭院，又斜风细雨，重门须闭。
宠柳娇花寒食近，种种恼人天气。
险韵诗成，扶头酒醒，别是闲滋味。
征鸿过尽，万千心事难寄。
楼上几日春寒，帘垂四面，玉阑干慵倚。
被冷香消新梦觉，不许愁人不起。
清露晨流，新桐初引，多少游春意。
日高烟敛，更看今日晴未？

添字丑奴儿·窗前谁种芭蕉树

【宋】李清照

窗前谁种芭蕉树，阴满中庭。
阴满中庭，叶叶心心，舒卷有余情。
伤心枕上三更雨，点滴霖霪。
点滴霖霪，愁损北人，不惯起来听。

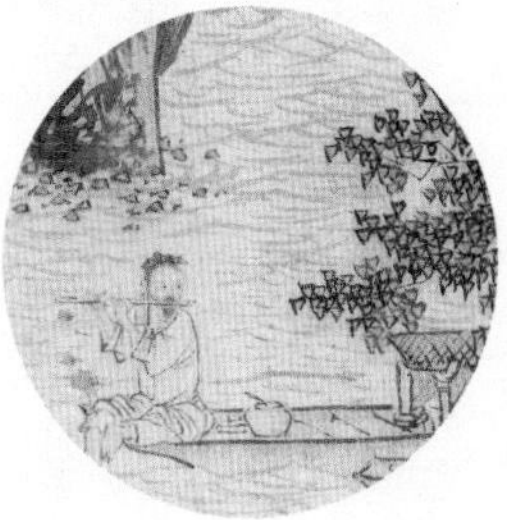

孤雁儿·藤床纸帐朝眠起

【宋】李清照

藤床纸帐朝眠起，说不尽，无佳思。
沉香烟断玉炉寒，伴我情怀如水。
笛声三弄，梅心惊破，多少春情意。
小风疏雨潇潇地，又催下、千行泪。
吹箫人去玉楼空，肠断有谁同倚！
一枝折得，人间天上，没个人堪寄。

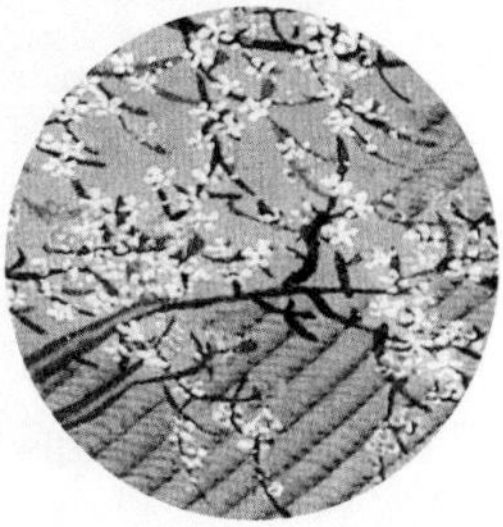

蝶恋花·暖雨晴风初破冻

【宋】李清照

暖雨晴风初破冻，柳眼梅腮，已觉春心动。
酒意诗情谁与共？泪融残粉花钿重。
乍试夹衫金缕缝，山枕斜欹，枕损钗头凤。
独抱浓愁无好梦，夜阑犹剪灯花弄。

實父仇英製

菩萨蛮·风柔日薄春犹早

【宋】李清照

风柔日薄春犹早，夹衫乍着心情好。
睡起觉微寒，梅花鬓上残。
故乡何处是？忘了除非醉。
沉水卧时烧，香消酒未消。

好事近·风定落花深

【宋】李清照

风定落花深，帘外拥红堆雪。
长记海棠开后，正伤春时节。
酒阑歌罢玉尊空，青缸暗明灭。
魂梦不堪幽怨，更一声啼鴂。

夏至

夏日绝句

【宋】李清照

生当作人杰，死亦为鬼雄。
至今思项羽，不肯过江东。

如梦令·常记溪亭日暮

【宋】李清照

常记溪亭日暮，沉醉不知归路。
兴尽晚回舟，误入藕花深处。
争渡，争渡，惊起一滩鸥鹭。

行香子·七夕

【宋】李清照

草际鸣蛩，惊落梧桐，正人间、天上愁浓。
云阶月地，关锁千重。
纵浮槎来，浮槎去，不相逢。
星桥鹊驾，经年才见，想离情、别恨难穷。
牵牛织女，莫是离中？
甚霎儿晴，霎儿雨，霎儿风。

丑奴儿·晚来一阵风兼雨

【宋】李清照

晚来一阵风兼雨，洗尽炎光。
理罢笙簧，却对菱花淡淡妆。
绛绡缕薄冰肌莹，雪腻酥香。
笑语檀郎：今夜纱厨枕簟凉。

渔家傲·天接云涛连晓雾

【宋】李清照

天接云涛连晓雾，星河欲转千帆舞。
仿佛梦魂归帝所，闻天语，殷勤问我归何处。
我报路长嗟日暮，学诗谩有惊人句。
九万里风鹏正举，风休住，蓬舟吹取三山去。

蝶恋花·泪湿罗衣脂粉满

【宋】李清照

泪湿罗衣脂粉满，四叠《阳关》，唱到千千遍。
人道山长山又断，潇潇微雨闻孤馆。
惜别伤离方寸乱，忘了临行，酒盏深和浅。
好把音书凭过雁，东莱不似蓬莱远。

秋与

声声慢·寻寻觅觅

【宋】李清照

寻寻觅觅，冷冷清清，凄凄惨惨戚戚。
乍暖还寒时候，最难将息。
三杯两盏淡酒，怎敌他、晚来风急。
雁过也，正伤心，却是旧时相识。
满地黄花堆积，憔悴损，如今有谁堪摘？
守着窗儿，独自怎生得黑？
梧桐更兼细雨，到黄昏、点点滴滴。
这次第，怎一个愁字了得！

一剪梅·红藕香残玉簟秋

【宋】李清照

红藕香残玉簟秋，轻解罗裳，独上兰舟。
云中谁寄锦书来？
雁字回时，月满西楼。
花自飘零水自流，一种相思，两处闲愁。
此情无计可消除，才下眉头，却上心头。

醉花阴·薄雾浓云愁永昼

【宋】李清照

薄雾浓云愁永昼，瑞脑消金兽。
佳节又重阳，玉枕纱厨，半夜凉初透。
东篱把酒黄昏后，有暗香盈袖。
莫道不销魂，帘卷西风，人比黄花瘦。

点绛唇·蹴罢秋千

【宋】李清照

蹴罢秋千，起来慵整纤纤手。
露浓花瘦，薄汗轻衣透。
见客入来，袜刬金钗溜。
和羞走，倚门回首，却把青梅嗅。

紅葉題情付御溝當時叮囑向西流
無端東下人間去却使君王不信愁
唐寅

凤凰台上忆吹箫·香冷金猊

【宋】李清照

香冷金猊，被翻红浪，起来慵自梳头。
任宝奁尘满，日上帘钩。
生怕离怀别苦，多少事、欲说还休。
新来瘦，非干病酒，不是悲秋。
休休！这回去也，千万遍《阳关》，也则难留。
念武陵人远，烟锁秦楼。
惟有楼前流水，应念我、终日凝眸。
凝眸处，从今又添，一段新愁。

南歌子·天上星河转

【宋】李清照

天上星河转，人间帘幕垂。
凉生枕簟泪痕滋。
起解罗衣聊问、夜何其。
翠贴莲蓬小，金销藕叶稀。
旧时天气旧时衣。
只有情怀不似、旧家时。

鹧鸪天·寒日萧萧上琐窗

【宋】李清照

寒日萧萧上锁窗，梧桐应恨夜来霜。
酒阑更喜团茶苦，梦断偏宜瑞脑香。
秋已尽，日犹长，仲宣怀远更凄凉。
不如随分尊前醉，莫负东篱菊蕊黄。

题八咏楼

【宋】李清照

千古风流八咏楼，江山留与后人愁。
水通南国三千里，气压江城十四州。

怨王孙·湖上风来波浩

【宋】李清照

湖上风来波浩渺，秋已暮、红稀香少。
水光山色与人亲，说不尽、无穷好。
莲子已成荷叶老，清露洗、蘋花汀草。
眠沙鸥鹭不回头，似也恨、人归早。

摊破浣溪沙 · 病起萧萧两鬓华

【宋】李清照

病起萧萧两鬓华，卧看残月上窗纱。
豆蔻连梢煎熟水，莫分茶。
枕上诗书闲处好，门前风景雨来佳。
终日向人多酝藉，木犀花。

冬深

雪艷圖

清平乐·年年雪里

【宋】李清照

年年雪里，常插梅花醉。

挼尽梅花无好意，赢得满衣清泪。

今年海角天涯，萧萧两鬓生华。

看取晚来风势，故应难看梅花。

永遇乐·落日熔金

【宋】李清照

落日熔金，暮云合璧，人在何处？
染柳烟浓，吹梅笛怨，春意知几许。
元宵佳节，融和天气，次第岂无风雨？
来相召、香车宝马，谢他酒朋诗侣。
中州盛日，闺门多暇，记得偏重三五。
铺翠冠儿，捻金雪柳，簇带争济楚。
如今憔悴，风鬟霜鬓，怕见夜间出去。
不如向、帘儿底下，听人笑语。